Leserabe

1. Lesestufe

Katja Reider

Zwei Freunde auf heißer Spur

Mit Bildern von Stephan Pricken

Ravensburger Buchverlag

Bibliografische Information der Deutschen Nationalbibliothek:

Die Deutsche Nationalbibliothek verzeichnet diese Publikation
in der Deutschen Nationalbibliografie.
Detaillierte bibliografische Daten sind im Internet
über **http://dnb.d-nb.de** abrufbar.

1 2 3 14 13 12

Ravensburger Leserabe

Umschlagbild: Stephan Pricken
Umschlagkonzeption: Sabine Reddig
Redaktion: Sabine Schuler, Marion Diwyak
Printed in Germany
ISBN 978-3-473-36295-0

www.ravensburger.de
www.leserabe.de

Inhalt

Der verschwundene Ohrring 4

Ein rätselhafter Geburtstag 14

Auf der Spur des Tortendiebs 21

Eine überraschende Lösung 30

Leserätsel 40

Der verschwundene Ohrring

Das sind Pit und Paula.
Die beiden sind beste Freunde.
Und richtig gute Detektive!
Ihre Detektei heißt Papagei
und das aus zwei Gründen.

Der erste Grund ist:
Pit spricht Paula immer alles nach.

„Wie ein Papagei!“, sagt Paula
und grinst.
„Wie ein Papagei?!“, ruft Pit empört.
„Stimmt ja gar nicht!“
Aber dann muss er selbst lachen.

Der zweite Grund ist Paulas Kleidung.
Sie zieht sich gern kunterbunt an:
Gelbe Ringel, rote Streifen,
grüne Tupfen – wie ein Papagei.

Klar, dass Pit und Paula
ihre Detektei „Papagei“ getauft haben!

Die beiden Detektive haben gelernt,
geheime Nachrichten auszutauschen.

Und sie können sich perfekt tarnen.
Mit der richtigen Verkleidung
erkennt sie keiner mehr.
Na ja, fast keiner …

Heute üben Paula und Pit
das Beschatten
mithilfe einer Kamera.

Paula tut so, als ob sie Pit fotografiert.
Dabei beobachtet sie andere Leute –
und macht Fotos von ihnen!
Der Zoom zeigt ihr jede Kleinigkeit.

Nanu, was ist denn da los?
Oje, die Mama des kleinen Benni
vermisst ihren wertvollen Perlen-Ohrring!

„Ein G-g-geschenk von meinem Mann“,
schluchzt sie.
„Und nun ist der Ohrring weg!“

„Keine Sorge!“, erklärt Paula.
„Die Detektei Papagei
übernimmt den Fall!
Als Erstes sichern wir den Tatort.“
„Tatort?“, fragt Pit.
Paula deutet auf den Sandkasten.

„Du denkst, der Täter hat den Ohrring
hier verbuddelt?“, fragt Pit.

Paula nickt und zeigt Pit die Fotos,
die sie geknipst hat.
Zuerst sieht man Benni mit seiner Mama.
Da trägt sie noch zwei Ohrringe!

Später ist Benni weg.
Und ein Ohrring fehlt.

„Damit steht der Täter fest“,
erklärt Paula. „Es war Benni!
Er hat die Perle vom Ohr gemopst.“
„Gemopst und verbuddelt“, seufzt Pit.

Jetzt heißt es, Sand sieben.
Auch Benni hilft mit.
Endlich kommt die Perle zum Vorschein!

Bennis Mama strahlt. „Danke!
Möchten die Detektive ein Eis?“
Als Honorar? – Na klar!

Ein rätselhafter Geburtstag

Heute hat die Detektei Papagei geschlossen.
Pit und Paula sind eingeladen.
Ihr Freund Lukas feiert Geburtstag!

„Beeil dich!“, drängt Paula.
„Wir sind die letzten Gäste!“
„Die letzten Gäste?“, fragt Pit.
„Woher weißt du das?“

Aber dann ist der Fall auch für ihn klar.

Lukas zeigt gerade seine Geschenke:
Bücher, einen Pulli, ein PC-Spiel
und einen Fußball.

„Und wo steht dein neues Fahrrad?“,
erkundigt sich Pit.

Lukas macht große Augen:
„Woher weißt du
von dem Fahrrad?“

„Das war nun wirklich nicht schwer“,
sagt Paula und grinst.
Sie deutet auf das Fahrradschloss,
die Luftpumpe und die Reifenspur
am Boden.

Lukas lacht.
„Warum vergesse ich nur immer,
dass ich mit Detektiven befreundet bin?
Aber jetzt kommt!
Draußen wartet
eine super Schokotorte!“

Alle stürmen in den Garten.
Aber – oje! – was ist denn das?
Von der Torte fehlt ja schon ein Stück!

„Da war aber jemand hungrig!“,
sagt Lukas verblüfft.

Aber wer?
Die Gäste waren doch alle im Haus,
um die Geschenke zu bestaunen.

„Ich möchte wirklich wissen,
was hier passiert ist“, sagt Lukas.

Auf der Spur des Tortendiebs

Pit und Paula wechseln einen Blick.
Ein neuer Fall für die Detektei Papagei!
Ganz klar!
Paula nimmt sofort die Ermittlungen auf:
„Seit wann steht denn die Torte hier?“

Lukas überlegt, dann sagt er:
„Mama hat die Torte erst rausgestellt,
als ihr zwei gekommen seid.“

„Könnte sich deine
kleine Schwester
ein Stück genommen haben?“,
fragt Pit.

Lukas schüttelt den Kopf.
„Anni mag nichts Süßes.
Sie isst viel lieber Wurstbrot!
Und meine Eltern klauen bestimmt nicht
das erste Stück Geburtstagstorte!“

„Also kam der Dieb von draußen“, folgert Paula.
„Von draußen, eindeutig“, nickt Pit.

„Vielleicht war es ja eine Katze?“, überlegt Lukas.

„Dann würde die Torte anders aussehen."
Pit grinst.
„Katzen benutzen keine
Tortenheber."

„Und keine Pappteller!"
Paula zeigt auf den fehlenden Teller.

Paula runzelt die Stirn.
„Wer hat denn Zugang
zum Garten?“

„Nur wir und unsere Nachbarn“,
sagt Lukas. „Aber die Meiers
kommen nie zu uns herüber.“

Pit untersucht die kleine Hecke,
die den Garten teilt.
„Hier ist aber jemand durchgegangen.
Die Zweige sind abgeknickt!“

Paula hat ihre Lupe gezückt.
„Auf dem Beet und Weg
sind frische Fußstapfen!
Seht ihr?
Ich tippe auf Männerschuhe.
Die Spur führt hin und wieder zurück!“

Pit verschränkt die Arme.
„Ich würde sagen:
Damit ist der Fall geklärt!
Euer Nachbar ist der Torten-Dieb!“

Eine überraschende Lösung

„Das will ich jetzt genau wissen!“, ruft Lukas und springt über die Hecke. Oje, will er den diebischen Nachbarn etwa zur Rede stellen? Die anderen folgen ihrem Freund zögernd.

Die Meiers sitzen auf der Terrasse
und trinken Tee.
Von Schokotorte keine Spur!

„Oh, hallo Kinder!“, grüßt Herr Meier.
„Ist euer Ball zu uns herübergeflogen?“

„Nein …!“ Lukas holt tief Luft.
„Wir wollten fragen, ob … äh …“
Dann weiß er nicht weiter.

„… ob Sie uns vielleicht
einen Becher Sahne leihen können“,
springt Pit ein.

„Sahne?!“ Frau Meier schnaubt.
„So was Ungesundes haben wir nicht!
Wir essen weder Fett noch Zucker.
Und wir vermissen es auch nicht.
Stimmt’s, Otto?“

Herr Meier nickt.
Aber sehr glücklich sieht er nicht aus.
„Sie essen also nie Kuchen?“,
fragt Lukas ungläubig.
„Oder Schokotorte ...?“, bohrt Paula.

Jetzt wird Herr Meier tatsächlich rot.
Hastig tupft er seinen Mund ab.
Klebte da etwa noch Schokocreme?

Egal, Pit hat den entscheidenden Beweis
sowieso entdeckt.

Pit zieht den zerknüllten Pappteller unter Herrn Meiers Stuhl hervor.

Herr Meier sinkt in sich zusammen.
„Es tut mir so leid!“, flüstert er.
„Ich konnte einfach nicht widerstehen!“

Die Kinder sehen sich ratlos an.
Endlich sagt Lukas:
„Ist schon in Ordnung, Herr Meier!
Von der nächsten Torte
schleuse ich Ihnen ein Stück rüber, ja?“
Der alte Herr nickt selig.

„Damit hat die Detektei Papagei
schon wieder einen Fall gelöst“,
stellt Lukas fest.
„Wie wär’s jetzt mit Schokotorte für uns?“
Au ja!

Leserätsel

mit dem Leseraben

Super, du hast das ganze Buch geschafft!
Hast du die Geschichte ganz genau gelesen?
Der Leserabe hat sich ein paar spannende
Rätsel für echte Lese-Detektive ausgedacht.
Wenn du Rätsel 4 auf Seite 42 löst, kannst du
ein Buchpaket gewinnen!

Rätsel 1

In dieser Buchstabenkiste haben sich vier Wörter
aus der Geschichte versteckt. Findest du sie?

T	O	R	T	E	S	E
A	L	R	D	I	E	B
T	L	P	L	I	U	F
O	T	U	T	U	Ä	O
R	Ü	M	N	C	Z	T
T	A	H	R	X	A	O

Rätsel 2

Der Leserabe hat einige Wörter aus der Geschichte auseinandergeschnitten. Immer zwei Silben ergeben ein Wort. Schreibe die Wörter auf ein Blatt!

-ring Ohr-

Fahr- -rad

-kasten

Geburts- Sand- -tag

Rätsel 3

In diesem Satz von Seite 20 sind sechs falsche Buchstaben versteckt. Lies ganz genau und trage die falschen Buchstaben der Reihe nach in die Kästchen ein.

Die Gäste Kwaren doch alle ima Haus,
mume die Geschrenke azu bestaunen.

1 K	2 a	3 m	4 e	5 r	6 a

Rätsel 4

Beantworte die Fragen zu der Geschichte.
Wenn du dir nicht sicher bist, lies auf den Seiten noch mal nach!

1. Was ist der erste Grund für den Namen „Papagei“? (Seite 4/5)

V : Pit und Paula haben einen Papagei.

P : Pit spricht Paula immer alles nach.

2. Was vermisst die Mama des kleinen Benni? (Seite 9)

V : Ihre neue Handtasche.

U : Ihren wertvollen Perlen-Ohrring.

3. Welchen Beweis hat Pit bei Meiers entdeckt? (Seite 35/36)

A : Einen zerknüllten Pappteller.

O : Einen Tortenheber.

Lösungswort:

1 P	A	2 U	L	3 A

Rabenpost

Jetzt wird es Zeit für die Rabenpost! Besuch mich doch auf meiner Homepage **www.leserabe.de** und gib dort unter der Rubrik „Leserätsel“ das richtige Lösungswort ein. Es warten außerdem noch tolle Spiele und spannende Leseproben auf dich! Oder schreib eine E-Mail an **leserabe@ravensburger.de**. Jeden Monat werden 10 Buchpakete unter den Einsendern verlost! Natürlich kannst du mir auch eine Karte schicken.

An den LESERABEN
RABENPOST
Postfach 2007
88190 Ravensburg
Deutschland

Ich freue mich immer über Post!

Dein Leserabe

Lösungen:
Rätsel 1: Torte, Dieb, Tatort, Foto
Rätsel 2: Fahrrad, Geburtstag, Sandkasten, Ohrring
Rätsel 3: Kamera